LOS LADRONES Y EL LORITO PARLANCHÍN

Fernando Pérez Rodríguez

Título original: *Los ladrones y el lorito parlanchín*

1ª edición: Diciembre de 2016

Este libro se imprimió en Amazon

En diciembre de 2016

© Fernando Pérez Rodríguez, 2016

Maquetación y corrección: Eba Martín Muñoz

Diseño de portada: Juan Manuel Martín (equipo Serves)

ISBN-13: 978-8469779507

ISBN-10: 8469779508

LOS LADRONES Y EL LORITO PARLANCHÍN

Fernando Pérez

Rodríguez

Beto está mirando su libreta bancaria. Tiene un saldo de, exactamente, dos euros, aunque este nunca ha sido mayor de cien. Beto tiene veinticinco años y está harto de su vida.

Su madre, Carmen "la Gallina", es monologuista o, más bien, la bufona del pueblo. Hace monólogos en los clubs más tristes del pueblo, esos clubs a los que solo van tres personas al día. Le pagan quinientos euros al mes. Cuando Beto nació, su madre estaba personificando un monólogo sobre ser madre. En mitad del monólogo, su madre se puso de parto y Beto nació, o cayó, sobre el escenario como si de un huevo se tratase. La gente reía a carcajadas pensando que era parte del monólogo, un efecto muy conseguido. Pero Beto no era ningún efecto, aunque la caída sí tuvo efecto sobre él: perdió la movilidad y la sensibilidad del brazo derecho durante los tres primeros años de vida. Por eso llaman a su madre Carmen "la Gallina".

Su padre, Alberto "el Loro", era enterrador. Sí, enterraba cadáveres. Cobraba quinientos euros al mes, igual que Carmen. ¿Por qué lo llamaban "el Loro"? Porque era mudo, pero no de nacimiento. Un día, enterrando un cuerpo, se cayó dentro de una tumba y se clavó en la garganta una esquina del ataúd. Alberto perdió las cuerdas vocales y, desde entonces, solo podía decir «sí» o «no» emitiendo un ruido extraño. Si el ruido emitido tenía más intensidad, se trataba de un «sí». Si era más bien flojo, era un «no». Y, en ambos casos, el ruido producido recordaba al de un loro, lo que explica su apodo. Está claro que la gente del pueblo era muy graciosa.

Su pueblo, Villapájaro de los Carbones, se encuentra al sur de Badajoz. Y no es un estereotipo, pero es un pueblo de inútiles. El alcalde no tiene ni el graduado escolar. El más culto de Villapájaro de los Carbones es el cura, pues sabe leer y escribir bastante bien. Cree que Dios creó el mundo hace 6000 años y no es capaz de explicar cómo pudo haber dinosaurios hace bastantes más. La esposa del cura (que no es su esposa sobre el papel, pero sí sobre la cama) es la prostituta del pueblo. En cada pueblo hay una, y la de Villapájaro de los Carbones es la "esposa" del cura. En el pueblo no hay trabajo más allá del de prostituta para alegrar a los vivos viciosos, el de monologuista o bufona para alegrar a los vivos no viciosos (que son solo tres), y el de enterrador para meterlos bajo tierra cuando mueren. El resto de sus habitantes trabaja en Badajoz, la "gran" ciudad.

Y Beto tiene grandes planes para Badajoz, la gran ciudad.

Beto ha conseguido un ordenador de segunda mano gracias a un inútil que vive en la casa de al lado y que se compró uno nuevo. El viejo se lo vendió a Beto por setenta y cinco euros. Cada día, Beto va con su ordenador viejo al ayuntamiento de Villapájaro de los Carbones y se conecta al wifi del despacho del alcalde. Cada día, mira ofertas de trabajo y no encuentra nada. Solo estudió en el colegio hasta los dieciséis años, pero no se sacó el graduado. Sabe sumar, restar, multiplicar y dividir. Bueno, dividir no demasiado bien. Beto tampoco tiene móvil, y en su casa solo hay una pequeña televisión de los años noventa que su padre consiguió como donación de un difunto. Ya lleva dos meses buscando trabajo sin éxito y se ha gastado casi todos sus ahorros, provenientes del dinero que se encuentra en la cabina del pueblo, en el viejo ordenador.

—Esto no puede seguir así —le dice Carmen a Beto—. Tienes veinticinco años y no haces nada con tu vida, hijo. Si en una semana no encuentras trabajo, te vas de esta casa.

Beto no se sorprende. Su madre es así. Y tiene que conseguir trabajo como sea. En cierta forma, Carmen tiene razón: es hora de que haga algo con su vida. Pero Beto quiere ser el mejor, quiere ser millonario. No es fácil, pero lo va a intentar. Va a buscar algo esa noche en la tele.

Mientras anochece, Beto va a la cabina a ver si ese día hay algo de dinero. Veinte céntimos. Hasta que no tenga cinco euros no podrá ingresarlo en el banco, pues es el mínimo permitido.

Y la noche se hizo.

Beto espera a que su madre se acueste en la pequeña habitación en la que duerme junto a él. Una vez acostada, pone el teletexto. «EMPLEO-346». Marca «346» y entra a la sección de empleo. Hay una pequeña lista de quince o veinte ofertas en Badajoz, pero casi todas exigen estudios universitarios. De todas las ofertas de ese día, hay una que le llama la atención:

«Se busca chico joven, de 20 a 30 años, con ganas de ganar mucho dinero y deseo de darlo todo en varias tareas sencillas. Sueldo: de 100.000 a 200.000 euros al mes. No se requiere formación ni experiencia».

Beto está encantado. Su madre siempre le ha dicho que nadie da duros a cuatro pesetas, que nadie regala nada, pero él no tiene que dar ni una peseta, ni un solo céntimo. Solo puede salir ganando. En el anuncio únicamente viene una dirección:

«Interesados, acudir a C/ Fernández 56 el día 30 de julio a las once de la mañana».

Beto se va a dormir con una gran sonrisa, ese tipo de sonrisas que se tienen pocas veces en la vida.

Por la mañana, Beto despierta a su madre a las siete, como cada día, para que ensaye su número cómico. Su monólogo. Entusiasmado, le cuenta la oferta:

—Eso es un engañabobos, un timo, hijo, que pareces tonto. Búscate algo en condiciones —le dice.

Pero Beto no está dispuesto a rechazar 100.000 euros al mes. Con eso tendría para un ordenador nuevo e incluso para poner wifi en casa. Ese día va al ayuntamiento, pero no para buscar trabajo. Va porque al lado está el banco, y retira los dos euros que le quedan y saca ochenta céntimos más de la cabina. Tiene tres euros: lo justo para un billete de ida en autobús a Badajoz.

Tras sacar los dos euros y juntar el tercero en monedas, va al apeadero y adquiere un billete para el día siguiente, 30 de julio.

Al día siguiente, temprano, a las siete de la mañana, despierta a su madre. Y antes de que le dé tiempo a decir buenos días, se marcha al apeadero. Lleva una mochila con lo básico para dormir en la calle por si nadie le da alojamiento, que será lo más probable.

—Me voy. Cuando tenga dinero, te llamo desde la cabina —le dice a su madre.

Y se marcha. Beto llega al apeadero y hay unas veinte personas delante haciendo cola para subir al autobús. Todos van trajeados, tienen buena pinta y no son gente del pueblo.

«Debe de ser gente de Badajoz que ha venido a ver el pueblo», piensa Beto.

El autobús llega inmediatamente y todos suben. Beto se sienta al lado de un señor de unos ochenta años que viste traje y lleva un maletín.

Beto quiere decirle algo, preguntarle por qué está en el pueblo y qué hace tanta gente allí con ese aspecto de ricos, ya que llevan traje.

—Seguro que ha ido a la universidad —le dice Beto al señor mayor.

El señor lo mira fijamente, se limpia el sudor de la frente y le responde:

—Hijo, haz el favor y coge un momento mi billete, que…

E, inmediatamente, el señor trajeado se desmaya en su asiento y cae sobre Beto.

«Como le diga a alguien que se ha muerto, no sale el autobús», piensa Beto.

Acto seguido, coge al señor mayor y lo incorpora en su asiento.

—¿Billete? —pregunta el revisor, que en ese momento llega a la fila de Beto y del difunto.

—Está dormido. Aquí está su billete —dice Beto, cogiendo el billete de las manos del señor mayor—. Tenga también el mío.

—Gracias —responde el revisor mientras pica ambos billetes y se los devuelve.

El revisor baja del autobús y este inicia su marcha.

—Bueno, ahora a ver el paisaje, que es media hora de viaje —concluye Beto en voz alta.

—Disculpa, joven, ¿estás enfermo? —le pregunta al rato uno de los tantos señores trajeados del autobús, desde el asiento que está justo detrás del suyo.

—No, ¿por qué? —se interesa Beto.

—¿No estás enfermo del estómago?

—No. Estoy perfectamente, gracias.

El señor trajeado vuelve a su asiento.

—El olor a mierda es inaguantable —le comenta el hombre a su compañero.

Beto comienza entonces a notar un olor a mierda. Pero Beto calla.

«A ver si ahora van a tener que parar el autobús y no llegamos a Badajoz», piensa.

Unos minutos más tarde, ya se ve el puente de acceso a Badajoz por la ventana del autobús. No pasan ni dos minutos cuando el autobús se detiene en seco y se abre la puerta.

—¡Guardia Civil, todo el mundo con su DNI en la mano! —grita un agente mientras sube al bus acompañado de cinco o seis agentes más.

Uno a uno, van mirando los documentos de identificación de cada pasajero. Cuando llegan a Beto, este les entrega su documentación. El agente la mira, se la devuelve y le pregunta:

—¿Y su amigo?

—Está dormido, agente. Su carné de identidad lo tiene en la cartera. Lo vi al darme su billete antes de dormirse. Si quiere, se lo cojo del bolsillo de atrás del pantalón.

—No, no. ¡Eh, señor, despierte!

Pero el difunto lleva ya casi media hora con San Pedro y no parece despertar.

—¡Señor! ¡Oiga!

—Agente, lo mejor será cogerle la cartera. Está dormido y es mayor…

—Nada, chaval. Ya la cojo yo.

El agente mete la mano bajo el pantalón del anciano.

—¡Hostia! ¡Viejo de mierda! ¡Mierda, que se ha cagado el viejo! ¡Roberto, joder, ven! ¡Qué asco, colega!

El agente se va corriendo del autobús para intentar limpiarse. Mientras, los otros agentes intentan despertar al difundo, sin éxito.

—¡Llama a emergencias, que se ha muerto! ¡Y encima se ha cagado estando muerto!

Los demás agentes no saben si reír o actuar. Eso no lo enseñan en la academia. Beto está muy preocupado porque no va a llegar a Badajoz.

—Tuve que hacerlo, agente. Fui yo —dice Beto.

El agente saca su arma y apunta a Beto.

—¡Levántate y sal con los brazos en la cabeza!

Beto sale del autobús, e inmediatamente le colocan los grilletes y lo introducen en uno de los coches. A los pocos minutos, otro coche llega y relevan a los agentes. El guardia civil de la mano manchada, pero ya limpia, entra al coche junto a su compañero.

—Muchacho, vamos a la comisaría de Centro. Tienes derecho a un abogado. En caso de que no puedas pagarlo, se te asignará uno de oficio. Tienes derecho a…

Beto espera en silencio, oyendo a los agentes maldecir la muerte del anciano defecado mientras conducen. Una vez que Beto ve que han entrado en la ciudad, grita:

—¡Me muero! ¡Me muero!

—¿Qué cojones pasa? —le preguntan los agentes.

—¡Estoy enfermo de la espalda, agente! ¡Ah, me duele! ¡Necesito tumbarme!

—Túmbate pero no hagas tonterías, chaval.

En ese momento, Beto aprovecha la posición contra la puerta para abrirla y caer del coche en movimiento. Beto tiene las manos atadas a la espalda. Rueda unos metros y se magulla parte del cuerpo. Los agentes frenan en seco. Bajan del vehículo y Beto, tras una breve carrera, se mete en un contenedor de basura sin que estos lo vean. Veinte minutos después, al ver que los agentes no lo han encontrado, decide salir e irse rápidamente de la zona.

En su huida ve un helicóptero y varias patrullas, pero Beto es precavido y no lo ven. Tras callejear un poco más, y ver que ya son las diez de la mañana, decide buscar a alguien que no tenga pintas de delatarlo para preguntar. En ese momento, encuentra a un anciano caminando solo.

—¡Eh, abuelo!

El señor, al ver a Beto lleno de basura, herido y con las manos esposadas en la espalda, empieza a correr.

—¡Viejo, solo quiero saber la calle! ¡Oiga! ¿La calle Fernández?

El anciano corre y pide auxilio a gritos. ¡Menos mal que es una calle desértica y no hay nadie! En ese momento, Beto se para a pensar cómo actuar. Apoya los brazos en su cintura y mira hacia arriba.

CALLE FERNÁNDEZ

Lee en la inscripción.

"¡Por fin! Y yo que creía que Badajoz era grande...", dice Beto para sí mismo.

—Ahí, en esa calle. ¡Ahí está el ladrón! —escucha Beto desde lo lejos. La voz parece ser la del anciano.

Beto busca rápidamente el número 56. Corre por la calle, 46, 48, 50, 52, 54…

—¡56! Aquí.

El lugar parece un local comercial abandonado. Beto, con prisas y antes de que llegue la policía, llama al portero electrónico.

—¿La contraseña? —le preguntan desde el interior de la vivienda.

—Vengo por el anuncio. Ábrame, por favor.

—La contraseña.

—No tengo contraseña, ¡ábrame, por Dios!

—¡Contraseña!

—¡Que no tengo la contraseña, tío! ¡Ábrame de una puta vez!

En ese momento se abre la puerta y asoma la cabeza un señor barbudo de unos cuarenta años.

—Era broma. Pasa.

Beto entra y cierran la puerta.

Dentro del local, que no es muy amplio, apenas hay una sala de espera, una recepción y un despacho. Parece una clínica dental abandonada.

—Siéntate ahí —le responde el señor—. Me llamo Joan.

—Yo, Beto. ¿Podría quitarme las esposas?

—Podría. Pero no lo haré si no me dices la contraseña.

—Oye, mira, no sé de qué va esto. Solo vi la oferta. Me detuvieron por el camino y no tengo contraseña ni nada. He venido a trabajar.

—Espera un momento.

Joan se retira al despacho y, al poco tiempo, sale.

—Bien, chaval, eres el candidato perfecto. ¿Quieres ganar dinero?

—Claro, ¿quién no?

—Yo no quiero. Estoy aquí de gratis.

—Eh….

—Es broma. Cobro bastante, porque soy tu jefe. Y te voy a ser claro, niñato de mierda…

En ese momento, Joan saca una pistola de su pantalón y apunta a Beto.

—Vamos a atracar una casa. Y luego te mataré.

Beto casi imita al difunto del autobús defecándose encima, pero consigue contener el miedo.

—¡Es broma, Beto! Je, je, je, ¿te has puesto blanco, eh? Es una pistola del bazar. No dispara nada. ¡Je, je, je! ¡Venga, hombre, no te pongas así, que te va a dar algo!

—Eres un poco raro, ¿no?

—Solo era una broma, no te enfades. Lo de matarte, claro. La casa la vamos a atracar. Bueno, la vas a atracar tú, con el jefe.

—¿Atracar? ¿Con el jefe?

—Sí. Yo no soy el jefe. Te mentí, je, je, je. Era una broma. El jefe está en el despacho, abre la puerta y pasa.

Beto se levanta, alucinando, y se acerca a la puerta.

—Joan, no puedo abrir la puerta, ¿puedes quitarme las esposas?

—Si te las quito, no te dan el trabajo. Yo te abro.

Joan abre la puerta.

—¡Aquí te dejo al «figura»! —le dice al jefe.

—Pasa y siéntate, chaval. Yo soy Marcos, tu jefe.

—No, no. Espera, no te levantes. Trae las esposas —Marcos saca una llave del cajón y libera a Beto.

—Tenía que comprobar que era verdad lo de las esposas —le dice Marcos.

Beto se sienta.

—¿De qué va todo esto? Porque desde que vi la oferta solo me suceden cosas raras.

—A ver, chaval. Mmmmmm, ¿cómo te diría? Digamos que tú quieres ganar mucho dinero, ¿verdad?

—Verdad.

—¡Pues yo también! Y es muy fácil ganarlo. Digamos que tú quieres 100.000 euros, lo que ponía en el anuncio. Y yo quiero otros 100.000. Este mes.

—¿Por un mes de trabajo?

—¡No! Por un solo día de trabajo. 100.000 euros para cada uno. Es sencillo.

—¿En un día y sencillo?

—Mira, chaval. Si cada uno queremos 100.000 euros, necesitamos hacer algo que nos dé 200.000 euros, y repartimos. Ahorrando no los vamos a conseguir, ¿verdad?

—No.

—Solo hay que ir a un sitio en el que haya 200.000 euros, cogerlos e irnos de ese sitio. Fin.

—¿Atracar un banco?

—¡Marcos! ¡El del banco! Tu exmujer ya ha cobrado la pensión de este mes —grita Joan desde fuera.

—¡Maldita zorra! Digo… Chaval, mira. Yo estoy harto de esto: harto de la oficina, harto de hacer números, harto de dormir en esta silla mugrienta porque mi esposa decidió dejarme por una persona de color.

—¿De color?

—Sí, de color negro. Un negro, vamos. No pienses que soy racista, yo soy una persona muy íntegra.

—Entiendo, pero…

—¡Una casa, muchacho! Hay una familia rica que vive a menos de una hora de aquí.

—Oiga… yo estoy dispuesto a lo que sea, pero…

—A ver, ¿qué día es hoy, chaval?

—Treinta de julio.

—¡Bien! ¿Y qué día es pasado mañana?

—Uno de agosto.

—Sobresaliente. ¿Qué hace la gente en este país el mes de agosto? Sobre todo, ¿qué hace la gente rica?

—Creo que le entiendo.

—¡Vacaciones, chaval! Ellos, a la playa; y su dinero, a nuestro bolsillo.

—Bueno, ¿pero nadie vigila el dinero? ¿Están ahí, encima de una mesa, todos los billetes?

—¡Y yo qué sé, niño! Yo sé que tienen pasta, sé que se van en agosto de vacaciones y sé que la casa, por fuera, tiene pinta de accesible.

—¿Cómo sabes eso?

—No esperarás que te revele mis fuentes, ¿verdad, chaval?

—Solo quiero saber si…

—Pasado mañana, aquí, a las siete de la mañana y nos vamos a cobrar.

—Vale, pero… no tengo dinero para volver a mi casa.

—Nada, no te preocupes. Puedes dormir con Joan en la sala de espera. Todas las noches preparo una barbacoa de hamburguesas y perritos, y cenamos. Puedes unirte también. Así, mañana me acompañas además a los preparativos del cobro.

—Vale. Si tuviera usted alguna moneda para llamar desde una cabina a mi madre…

—¡Toma, chaval! Llama desde aquí, que es de lo poco que aún no nos ha cortado la compañía.

—Pues gracias.

Beto coge el teléfono y marca el número de su casa.

—¡Mamá! ¡Que me han dado el trabajo! Sí, sí, buena pinta. Pasado mañana empiezo, sí. No, no, me dan alojamiento. ¡Alojamiento, mamá! ¡Que me quedo aquí! No, no sé cuándo vuelvo.

—Fíjate en el contrato, chaval. Pone que vuelves el día dos —dice Marcos.

—Raro es, mamá, pero vuelvo el día dos. Sí, solo trabajo un día al mes.

—¡Anda! ¡Que no, chaval! Un día al mes, no. Un día de vez en cuando.

—No, no. Un día de vez en cuando, mamá.

—Es que le parecerá raro, pero explícale que es algo temporal.

—Sí, mamá, es algo temporal, pero un buen sueldo.

—Cien mil euros de sueldo. Díselo, chaval.

—Ríete si quieres, mamá, pero el sueldo son cien mil euros.

—Iberia paga menos a sus pilotos, chaval.

—Bueno, gano más que un piloto, mamá.

—Iberia, más que un piloto de Iberia, je, je, je —dice Marcos.

—O quizás no, mamá. ¡Que no es un timo! Es una empresa seria.

—Esto es importante para ti, chaval.

—Sí, es importante para mí, mamá. Mucho—.Toda experiencia es buena. Además, es mucho dinero.

—O quizás no, je, je, je —dice Marcos.

—¡Que sí...! No te preocupes más, anda. Es buen trabajo. El día dos vuelvo. Un beso.

Beto cuelga el teléfono.

—Gracias, Marcos.

—Bueno, chaval, ¿hacemos esa barbacoa?

—Vamos.

Marcos hace pasar a Beto a la sala de recepción. Joan está poniendo carbón en una pequeña barbacoa doméstica. La enciende y todo se llena de humo. Marcos abre las ventanas y los tres comen hamburguesas.

—¿Sabes, Beto? —dice Marcos—. Yo, por lo general, no acostumbro a hablar de negocios hasta el día antes, así que aún no podemos hablar más sobre el cobro. No hasta mañana.

—No hay problema. ¿Me das otra hamburguesa?

—Joan...

Joan le da otra hamburguesa a Beto.

—Gracias, tío. Oye, Marcos y... ¿todas las noches cenas esto?

—¡No! ¿Te crees que quiero ser obeso?

—Hombre... quizás te sobra un poquito de peso, ¿no?

Joan se ríe.

—¿A ver qué te crees, niñato? Je, je, je, yo estoy gordo porque tengo una enfermedad. ¿Verdad, Joan?

—Alguna que otra, sí —contesta Joan.

—Mira, muchacho. Yo tengo tres adicciones: el dinero, mi enfermedad y...

—Y eso —concluye Joan.

—Sí, eso —reafirma Marcos.

—Pues vaya mierda. ¿Estás gordo por una enfermedad? —pregunta Beto.

—Sí, mira.

Marcos saca una pequeña pitillera de su bolsillo. De ella saca una tarjeta de crédito.

—Mira, chaval. Esto es una mierda.

—¿La tarjeta?

—¡No! Joan...

Joan le da una pequeña bolsita de polvo blanco a Marcos.

—Esto es la droga.

—¿Droga?

—Sí, chaval. Hay que ir cogiendo energías para el cobro.

Marcos consume parte de la bolsa. Ahora Marcos está sumamente drogado.

—Ahora lo mejor es que me relaje con un porro, chaval. De marihuana de la buena.

—Marcos, deberías controlarte delante del chaval —dice Joan.

—¡Qué va!

Marcos se fuma un porro que tenía en la pitillera. Ahora está más drogado que antes.

—¿Sabes que los negros son negros, chaval?

—Sí… pero no seas racista, tío. Yo vengo de un pueblo, y ahí hay de todo, y claro…

—¡Mal! ¡Las mezclas no me gustan! De hecho… ¿ves ese cuadro?

Marcos señala a la pared.

—¿Qué cuadro, Marcos? —pregunta Beto.

—Se pone así con la droga, déjalo —contesta Joan.

—Marcos, ¿cuál es tu enfermedad? ¿La droga?

—¡Vivan los monos! —grita Marcos, alocado—. ¡Viva la droga!

—Padece del mal de los dentistas, no preguntes más —sentencia Joan.

—Ahora, hermanos, vamos a dormir con el estómago lleno y el cerebro drogado. ¡Viva el cerebro drogado! Joan, Marcos, ¿queréis droga para el cerebro? —pregunta Marcos.

—No, gracias.

—No, vamos a dormir ya —responde Joan.

—¡Estupendo! —grita Marcos.

Acto seguido, Marcos cae desmayado al suelo.

—Déjalo. Cada noche se duerme así —dice Joan ante la cara de asombro de Beto—. Buenas noches.

Joan se tira en el sofá y apaga la luz.

Beto, sin saber dónde acostarse, va al despacho de Marcos y se sienta en su silla.

Se empiezan a escuchar sonidos extraños y a ver luces por la ventana. Beto no puede dormir. Se asoma a la puerta del despacho, pero Joan y Marcos están dormidos y no parecen inmutarse. De pronto, cesa todo el ruido. Beto está tan asustado que coge las esposas que le había quitado Marcos y cree que podrá usarlas a modo de arma si algún fantasma o ladrón intenta entrar.

De repente, y tras un tremendo golpe, la puerta cae al suelo.

—¡Policía! ¡Manos arriba, todo el mundo quieto!

Una decena de agentes entran armados, moviendo violentamente a Joan y Marcos.

—¡Policía! ¿Dónde está el joven?

Beto intenta huir por la ventana, pero la han asegurado con una tranca. En dos segundos, ya tiene a tres agentes encima.

—¡Al suelo! —le gritan mientras lo tiran y le ponen las esposas.

—Queda detenido por un delito de homicidio y atentado contra la autoridad.

—Pero, ¿qué? ¡Si yo solo he venido a trabajar!

—¡Menos cuento! ¡Vamos, al coche!

Tres agentes se lo llevan en volandas hasta el coche. Mientras, Joan y Marcos están amordazados en el suelo, con los agentes encima.

El coche lleva a Beto a comisaría, lo sacan y lo dirigen a la sala de interrogatorios. Los agentes lo sientan a una mesa y llega rápidamente el inspector, fumando y con cara de pocos amigos.

—Vamos a ver, Alberto Hermida Gálvez. ¿Qué coño te crees que haces?

—Pero, señor, yo no he...

—¡Has matado a un viejo y te has escapado del coche! ¿Te crees que es tan fácil librarse?

—Yo no he hecho nada, señor. Solo venía a trabajar. Iba en el autobús y le dio un infarto al señor, y yo pensé que...

—¡Y una polla, un infarto! ¡El señor murió por una puñalada!

—¡Imposible! ¡Si se cagó encima y hasta…!

—Claro. Y esta navaja con su sangre y que tiene tus huellas… ¿también es imposible?

—¡Pero si no llevo navaja!

—Claro, porque la tiraste en el autobús. He hablado con tu madre. Dice que, desde que murió tu padre, no eres el mismo. Que has estado robando en las cabinas del pueblo… Querías robarle a un viejo, ¿verdad?

—¡No! ¡Pero cómo va a decir eso mi madre!

—No esperarás que te encubra tu madre por muy madre que sea, ¿cierto? Que la policía no es tonta.

—Pero…

—¿Cómo murió tu padre?

—Se le infectó una herida que tenía en la garganta y…

—¡Mentira! Se cayó en una tumba intentando robar a los muertos sus joyas... ¿Has querido seguir su... legado?

Beto empieza a llorar.

—¡Mi padre no robó a nadie! ¡Era el enterrador del pueblo!

—¡Enterrador...! Tenemos pruebas, muchas pruebas. Tenemos el registro de Internet del ayuntamiento, al que te conectabas por wifi, ¿verdad?

—¡Sí, pero para encontrar trabajo!

—¡Claro! Y entonces, ¿qué cojones es esto?

El policía pone un papel sobre la mesa, en el que aparece escrito: «búsquedas en Internet sobre cómo matar a alguien», «guías para robar», etc.

—¡Eso es absurdo! ¡No es mío!

—Eso no es tuyo... La navaja no es tuya... Tu madre no diría eso... Seguro que tampoco eres tú ese de ahí.

El agente sale un momento de la sala y grita:

—¡Martínez, el video!

Un agente amargado aparece en la sala arrastrando una mesita con un DVD y una televisión. Lo enchufa todo y pulsa PLAY. En el vídeo aparece Beto apuñalando al anciano.

—¿Pero qué coño es eso? ¡Es un montaje! Yo nunca lo hice. Si se murió solo... Por favor, ¿de qué va esto? —dice Beto gritando y llorando.

—Claro. Y faltaba más... El del vídeo no eres tú.

—Lo tienes jodido, chaval —dice el de la mesita.

Acto seguido, apaga y desenchufa todo, y se marcha.

—Como ha dicho mi compañero, lo tienes jodido, chaval.

—¡Pero por Dios! Si yo no…

—¡Cállate! Ya has confesado. No necesito más.

—¿Cuándo he confesado? —pregunta Beto al borde del desmayo.

—Aquí.

El agente saca un papel con la confesión de Beto firmada.

—Ahora puedes decir que no es tu firma…

Beto se derrumba sobre la mesa y solloza.

—Haced lo que queráis conmigo. Matadme si queréis.

—No, chaval. Matarte, no, pero te vas a comer un puro de muy señor mío. Encarcelar niñatos es una de mis tres adicciones. ¿Te enteras, chaval? ¿Te enteras o no?

Beto se despierta en la clínica dental. Marcos está intentando despertarlo.

—¡Chaval! ¡Coño, no veas para despertarte! Venga, mea y vamos a comprar los materiales.

Beto se levanta de la silla del despacho, alucinando por la terrible pesadilla que ha tenido. En la sala de espera, Joan le ofrece algo para desayunar:

—¿Una hamburguesita, Beto?

—No, no, gracias.

—Cógesela o te saca la pistola, je, je, je —bromea Marcos—. Venga, vamos.

Ambos salen por la puerta. Antes de cerrar, Marcos le dice a Joan:

—Tú, limpia esto un poco para cuando vuelva. Y prepara el vídeo.

Beto no puede evitar sentir cierta aprensión al recordar el vídeo del interrogatorio. Marcos cierra la puerta y se van andando.

—Chaval, no te preocupes por la policía, que a este barrio no se atreven a entrar a no ser que sean muchos. Les tiran piedras.

—En mi pueblo no pasa eso. Todos son unas mierdas... Los vecinos, digo.

—Es lo que tiene montar una clínica en el peor barrio de Badajoz, que no va ni Cristo y te arruinas. Eso cuando no te roban. Pero yo tengo una escopeta de caza allí, debajo de donde duerme Joan, y a ver quién tiene huevos de entrar.

—Poco van a robarte.

—También es verdad.

—¿Adónde vamos?

—A la ferretería de mi amigo. Está aquí al lado. Ya mismo está... ¡Coño! Ahí está chaval, ¡vamos!

Beto y Marcos entran en la ferretería. Marcos saluda al dueño:

—¿Qué pasa, Pepín? Vengo por alguna cosilla.

—Don Marcos, dígame usted.

—Vamos a ver: una ganzúa, dos cuerdas de diez metros, un tubo de goma... ¿Me dejo algo, chaval?

—Ni idea. Tú sabrás qué hay que comprar —contesta Beto.

—¡Ah, sí! Dos máscaras de esas de ladrón, y ácido.

—No tengo máscaras de ladrón ni ácido, don Marcos. ¿Qué va a hacer?

—Voy a grabar un vídeo para el bar.

—¿Va a abrir un bar?

—Dos bares, Marcos. Dime, ¿cuánto te debo?

—Catorce con noventa.

—Toma quince. Quédate con la vuelta y lleva a cenar a tu mujer.

—Jódete, capullo, ¡je, je, je! —exclama Beto.

—Buenos días, Pepín, ¡je, je, je! —se despide Marcos.

Ambos salen de la ferretería.

—Bueno, chaval. Pues a ver dónde compramos ahora la máscara de ladrón y el ácido.

—Ácido, en la tienda de químicos. ¿Para qué quieres esas cosas?

—Aquí no hay tienda de químicos. Es una ciudad de mierda.

—Pues… vamos a por los pasamontañas a la tienda de esquí.

—¡Vamos!

Andan por la calle hasta salir del barrio.

—¡Oye, oye! Que a ver si me van a detener, que me busca la policía…

—Nada, chaval. Si hoy hay fútbol y están todos allí...

—Me da miedo lo que vas a hacer con el ácido.

Observan a un grupo de chavales fumando en la calle.

—Sí. Estos venden porros, seguro. Vamos, al menos están fumando... —dice Marcos—.Voy a comprarles ácido. Ácido de colocarse, no ácido sulfúrico.

—¡Marcos, que seguro que no venden dro...

Marcos se acerca a los chavales.

—Vamos a ver, chavales. Quiero comprar ácido. Decidme cuánto vale.

El grupo se echa a reír.

—Viejo, vete a tomar por culo o te inflamos a hostias.

—Vamos a ver...

Marcos saca una pistola.

—El ácido, cabrones.

—Je, je, je. Esa pistola es de mentira, primo. No vale para nada.

Marcos dispara al aire.

—El ácido.

Los chavales se quedan alucinando y no atinan ni a levantarse del banco.

—El ácido.

—Señor… señor… —dice uno de ellos, muy nervioso—. Mi primo tiene algo. Vive aquí arriba. Si quiere, se lo bajo y…

—Corre.

El joven no tarda ni dos minutos en subir y bajar con un pequeño cartón de ácido LSD.

—Tenga, señor.

—Me lo llevo gratis, por las molestias. Vamos, chaval —le dice a Beto.

Beto y Marcos se marchan andando. Beto está enormemente asustado.

—Marcos, ¿cómo se te ocurre? Pero, ¿de dónde has sacado eso?

—Mira, chaval. Igual que tengo una escopeta tengo una pistola, que hay mucho listo. Esto nos va a ayudar con el cobro. Vamos a por la máscara de ladrón.

A los pocos minutos, ambos llegan a la tienda de esquí.

—¡Buenos días! Vamos a ver. Me voy a esquiar y quiero dos máscaras de ladrón.

—Señor, estamos en julio. No hay pasamontañas. Estamos en liquidación por fin de temporada y ya no tenemos.

—¿Por qué no mira en el almacén?

—No tengo almacén. Lo que hay es lo que ve.

—Chaval, voy a tener que sacar la pistola —le dice a Beto en voz baja.

—Señor, márchese. No tengo tiempo para tonterías de maricones.

—¡Marcos, no!

Marcos se acerca al mostrador y saca el arma, apuntando al dependiente.

—Más te vale ir al almacén y buscar mi máscara de ladrón. Y, si no tienes almacén, más te vale que construyas uno y lo llenes de máscaras.

El dependiente no es capaz de hablar.

—Dos máscaras de ladrón. Ya.

—Tome mis llaves de la furgoneta. Dentro hay algunas...

—Trae.

Marcos coge las llaves y, al poco tiempo, vuelve con las máscaras. Le tira las llaves al dependiente.

—Toma. Y ten huevos de llamar a la policía, que le meto fuego a todo. Vamos, chaval.

Andando por la calle. Marcos le dice a Beto:

—Chaval, no vuelvas a decir mi nombre a nadie que yo no conozca.

—Perdona, Marcos.

—Es la una. ¿Vamos a comer?

—Sí, que estoy harto de comer hamburguesas y solo llevo un día.

—Vale, acompáñame.

Ambos llegan al lugar de comidas.

—Aquí estamos, chaval.

—¿Me estás jodiendo? ¿Un *burger*?

—Nada como una buena hamburguesa para coger fuerzas.

—En fin…

Entran al *Burger*. Estando en la cola para pedir, llega una señora de unos sesenta y pico años y se cuela delante. Marcos le replica:

—Señora, se ha colado. Vuelva a su sitio.

—Estoy pidiendo para mi niño. Buenas tardes.

Beto ayuda a Marcos:

—Señora, estábamos antes nosotros.

—Pues ahora están después. ¡Qué poco respeto tiene la juventud!

Marcos se harta y le replica de nuevo. La coge del brazo y le da la vuelta.

—Vamos a ver, puta vieja. Tienes cinco segundos para salir de aquí con tu puto niño gordo y dejar mi sitio libre.

—¡Seguridad! ¡Socorro! —grita.

El vigilante de seguridad llega corriendo. Detrás de él, el niño de la anciana.

—¡Señor, deje a la señora! Fuera de aquí…

—Marcos, ¡no vayas a formarla! —le ruega Beto.

—Se ha colado, vigilante —dice Marcos.

—¡Abuela! ¿Qué te han hecho? —pregunta el nieto desde lejos, que llega corriendo.

—¿Este es su niño? ¡Si es más viejo que yo! —afirma Marcos.

—¿Se ha colado, señora? —pregunta el guardia.

—Sí —dice el cocinero—. La he visto al salir a lavarme las manos.

—Señora, vuelva al principio de la cola —le ordena el vigilante.

—Este lugar es una mierda. Vámonos, cariño —espeta con desprecio.

La señora se marcha. Llega el turno de Marcos y Beto.

—Buenas tardes. Bienvenidos a Burger, ¿qué desean?

—Mmm... Yo quiero un menú de hamburguesa con queso, patatas y naranja. Luego quiero una caja de alitas de pollo, un vaso de helado y creo que... ¡ah, y una hamburguesa de pollo sin salsa! Tú, chaval, ¿qué quieres?

—Una ensalada.

—¿Estás de coña? ¿Una ensalada? Si te parece, vamos al puticlub y pides un abrazo. Una ensalada... ¡no te jode! Dos menús grandes para el chaval. ¿Cuánto es?

—Veintitrés con diez. ¿Quieren el *pack* de patatas extra, por solo uno con cuarenta en período de promoción?

—¡Coño, sí! Ponme cuatro. Así hay dos para cada uno.

—Veintiocho con setenta, caballero.

Marcos paga y ambos se sientan en una mesa para comer. Beto apenas ha terminado su menú y ya está lleno. Aún le queda otro menú y dos *packs* de patatas extra.

—Marcos, no puedo más. ¿Quieres lo que sobra?

—¡Pero trae, chaval!

Marcos coge con ansia la comida de Marcos y sigue comiendo.

—Vamos a ver, chaval. Que yo me entere, y quiero que seas sincero… ¿Estás dispuesto a hacer mañana el cobro? Ya lo tenemos todo y yo voy a ir a por todas.

—Claro. Si no, no habría venido.

—Bien. Porque, si vas a echarte atrás, ahora es el momento de que te marches.

—Estoy seguro. Solo tengo una pregunta. ¿Por qué se lo ofreces a gente que no conoces en vez de a Joan? Quiero decir: él te ayuda en todo, y lo conoces bien...

—Joan no participa porque yo no quiero. Y punto. Si quieres, puedes preguntarme cuántas veces meo al día. A ver, chaval. La oferta eran 100.000 por ayudarme a coger 200.000 de una casa.

—Sí, pero, ¿has hecho eso antes?

Marcos da un trago largo a su bebida.

—¿Tú que crees?

—Que sí.

—Pues no, chaval. Es la primera vez. Ya te dije que antes me iba bien como dentista. Pero, en ese barrio..., todo a la mierda. ¿Más preguntas?

—Tengo bastantes, la verdad. ¿Qué es el síndrome del dentista?

—¿Te parece que, digamos, como una cantidad de comida, "normal"?

—No.

—Como lo que suele pedirse una familia entera para mí solo. Sin embargo, no estoy especialmente gordo. Algo rellenito sí, pero no gordo, ¿verdad?

—Correcto.

—Eso es porque tengo el síndrome del dentista. Y mira que no soy dentista, pero…

—Marcos, has dicho que eras dentista.

—No. Yo he dicho que he trabajado como dentista, no que sea dentista. Simplemente, mis padres murieron en un accidente, cobré el seguro, monté la clínica y dije que era dentista.

—Ya, pero, ¿cómo sabías hacer las cosas que hace un dentista?

—Porque leí libros y vi vídeos en Internet, chaval.

—Creo que tu clínica no cerró por el barrio…

—Cerró por el barrio. Y los cabrones me freían a denuncias. Y tuve que pagar indemnizaciones a mucha gente. Y casi me quedo sin nada del seguro. Pensé... ya que la gente coge mi dinero. Porque esos clientes me robaron mi dinero...

—Pero tú les destrozaste la boca, ¿no?

Marcos mira de forma desafiante a Beto y continúa:

—Ya que la gente coge mi dinero, chaval, yo voy a coger el suyo.

—Pero, ¿de quién es ese dinero?

—De un retrasado que vino a la clínica y resulta que era un ricachón con mucho dinero, dueño de muchas tierras y eso. Y, como en la clínica dan todos sus datos, yo sé dónde vive.

—Y... ¿cómo sabes que tiene tanto dinero? ¿Y que ese dinero está en la casa? ¿Y que se van de vacaciones?

—Joder… chaval. Eso ya no se pregunta. ¿Quieres quitarme el negocio? Lo sé y punto. ¿De qué estábamos hablando?

—Del síndrome del dentista.

—Es verdad. Mira, cuando vas a sacarle la muela a un tipo, normalmente le pinchas anestesia en la boca, ¿no?

—Supongo.

—Pues en mi clínica teníamos miles de esas dosis de anestesia. Y esas dosis se venden por una pasta en el mercado negro: diez veces más de lo que me costaban a mí.

—¡No jodas!

—Sí, sí jodo. Te dije que una de mis adicciones era el dinero. Pues yo la vendía. Y un día, un capullo me intentó robar las dosis y me disparó en la barriga. Me jodió todo el sistema, chaval. Se cargó no sé qué mierda del intestino y no absorbo bien la comida. Por eso no engordo tanto.

—Ya, pero, ¿por qué comes tanto?

—¡Porque no me sacio! También me jodió algo del estómago y nunca sé cuándo estoy lleno.

—Me estás diciendo... o sea... ¿que eso les pasa a los dentistas? ¿Eso es un síndrome?

—No. Solo me pasa a mí.

—Pero dijiste que es el síndrome del dentista. Creía que era porque les pasaba a muchos dentistas.

—Dije el síndrome del dentista, no de los dentistas. Del dentista.

—Ya. Y tú eres el dentista.

—¡Era el mejor!

—Estás un poco ido, tío. A veces creo que deliras.

—Eso es por mi otra adicción: la cocaína, para estimularme y la marihuana, para relajarme.

—Entonces, ¿para qué tomas nada?

—¡Porque me activa y me relaja!

—Vamos a ver, Marcos. Supongamos que hay una escala que va del cero al diez, ¿vale?

—Bien.

—Cuando estás muy activo, nervioso, estás en el diez. Cuando estás dormido, en el cero. ¿Todo correcto?

—Lo pillo, chaval.

—Vale. Entonces supongamos que tú, antes de drogarte, estás en el cinco. Ni activo ni dormido, normal. Como ahora.

—Sí.

—Y, como estás en el cinco y quieres estar activo, te metes cocaína para estar en el diez.

—Sí.

—Pero el diez es demasiado activo, y entonces fumas marihuana para relajarte un poco y estar en el cinco. ¿No?

—¡Claro!

—Y… ¿no sería más fácil, barato y sano no tomar nada y quedarte directamente en el cinco?

—Vamos a ver, chaval. ¿Tú te crees que eres médico?

—¿Y tú, dentista?

Ambos se echan a reír. Marcos da un último sorbo a su bebida, se levantan y se marchan.

—Bueno, ya que estamos en la calle, son las dos y media y no hay nada que hacer ya, nos vamos a la clínica, ¿no? —pregunta Beto.

—Creo que podemos ir durante un rato al cine. Así matamos el tiempo. No seas impaciente. Después de la película vamos a la clínica y ultimamos todo.

Beto y Marcos se dirigen a la parada del autobús. Le quedan diez minutos para llegar.

—¡Vaya tela! Cómo está el servicio, chaval.

—¡Ya te digo!

—Esto del autobús es una vergüenza. Yo antes solo iba en mi Audi.

—¿Y por qué no lo coges?

—¡Tú no sabes lo que cuesta llenarlo de gasolina!

—Lo mismo que a otro coche.

—¿Y lo que consume, chaval?

—Yo de eso no entiendo.

—Además, la gasolina que tiene es para mañana, para el cobro.

—En mi pueblo ni hay coche ni autobús.

—¡Vaya mierda de pueblo, chaval! ¿Cuál es?

—Un pueblo de paletos y retrasados. El alcalde es analfabeto y la mujer del cura es puta.

—¿El cura tiene mujer?

—Sí.

—Es un cura sabio.

—Y nosotros somos tontos, Marcos, pero bien tontos.

—Aquí de pobres, en autobús.

—Pues yo no tengo para pagar el billete.

—Ni yo. Simplemente nos montamos y vamos al fondo.

—Ya, ¿pero el conductor no te dice nada?

—El conductor lleva ocho horas al día, seis días a la semana, desde hace veinte años haciendo el mismo camino y solo quiere llegar a casa, hacerse una paja o acostarse con la mujer y dormirse.

—Pero no querrá que lo despidan.

—Los conductores de aquí son funcionarios, así que, a no ser que maten a los pasajeros, es difícil que los echen.

—Ya, bueno. Yo no quiero morirme en el autobús.

—Ni yo. Nunca muere nadie. Como mucho, se estrella de vez en cuando.

—¿Y nadie se muere?

—No, porque van lentísimos. Yo he llegado a adelantar al bus andando.

—Madre mía. En llegar sí que tarda, desde luego.

—¿Tú sabes el truco para que llegue el autobús, chaval?

—No.

—Mira.

Marcos saca un cigarrillo y lo enciende.

—Ahora, chaval, verás cómo llega y lo tengo que tirar.

—No sabía que fumaras.

—Me viste fumar marihuana.

—Pero no sabía que fumabas tabaco.

—Me gusta.

—¿Te activa o te relaja?

—Me ayuda a ser mago.

En ese momento, el ansiado autobús llega. Marcos levanta la mano para llamarlo. Ambos suben y pasan al fondo del autobús.

—Chaval, hoy el autobús huele hasta bien para como atufa normalmente.

—No te preocupes. En el pueblo, mi calle huele peor.

—Pareces sacado de una peli de Almodóvar. ¿Te gusta el cine?

—Sí, bueno, de vez en cuando. Para entretenerme y eso.

—Pues a mí me encanta, chaval. Sobre todo, las de efectos especiales y esas cosas.

—Las espectaculares.

—Sí, chaval. Además, lo graban todo como con cosas verdes, y luego quitan lo verde y ponen los efectos. Es una pasada.

—A mí me gustan las de risa, Marcos.

—A mí también, pero nunca me río.

—¿Por qué no te ríes?

—Porque todos parecen gilipollas. ¿Has visto *Los apellidos vascos*?

—¿La uno o la dos?

—La uno. Segundas partes nunca fueron buenas.

—¿Y *Terminator 2*?

—No la he visto, chaval. Solo la uno.

—Pues a mí la uno de los apellidos me pareció una mierda. Y la dos, otra mierda.

—¿Ves?

—Pero *Terminator 2* es mejor que la uno.

—Que no, chaval, que la segunda parte siempre es una mierda. Y la de *Los apellidos vascos* me pareció una mierda también. ¿Qué vas a pedir? Son españolas.

—¿No te gusta el cine español?

—Vista una, vistas todas. ¿Sabes lo que pasa, chaval?

—¿El qué?

—Que aquí los que hacen cine son pijos, «culturitas» con pintas raras de escuelas de cine. Y allí te enseñan películas raras que nadie ve. ¿Y ahora qué pasa? Que llegan ellos y te hacen o un drama malísimo o una comedia malísima.

—También se hacen de acción y *thrillers*.

—Malísimos.

—¿Cuántas películas españolas has visto en tu vida?

—Tres.

—¿Y por tres películas dices que todas son malísimas?

—Vista una, vistas todas, chaval. Viendo tres, ya soy un experto.

—Claro que sí, y también dentista.

—Chaval, deja ya lo de dentista o te tiro del bus en marcha.

—¿Cuándo tenemos que bajarnos?

—¡Hostia, dale!

—¿Qué?

—¡Mierda, chaval, ya nos hemos pasado!

Marcos se levanta y va al conductor, el cual detiene el bus y los deja bajar.

—¡Vamos, chaval!

—¿Hay que andar mucho?

—No.

—La próxima vez, avísame.

—Mira, ya se ve allí. Hay que andar un ratito.

—Fúmate otro, a ver si llegamos antes.

—Tú estás hoy gracioso, ¿verdad?

—Estoy nervioso.

—Ni caso, chaval. Eso lo hablamos luego. Ahora, al cine.

Marcos y Beto continúan caminando y llegan al local donde exhiben la peli. Hacen cola en la taquilla.

—¡Qué cantidad de gente!, ¿no?

—Hoy es más barato, chaval.

—¿Cuál vemos?

En ese momento, la misma señora del Burger se cuela delante de ellos. Marcos mira a Beto y llama por el hombro a la anciana.

—¿Sí? —pregunta de forma despectiva la señora.

—Llevo una pistola bajo la chaqueta. Vete al principio de la cola, callada y sin gritar. Y andando despacio, sin estresarme.

—Tú estás loco perdido, muchacho. Yo he venido con mi niño. Si vas a molestar, lárgate, gordo decrépito.

Marcos calla y baja la cabeza. En cuanto la anciana se da la vuelta, aprovecha el tumulto, saca una pistola táser eléctrica y se la coloca en la espalda a la señora.

—¡A chuparla, vieja de mierda!

Aprieta el interruptor. La señora cae al suelo.

—¡Un infarto! ¡La vieja se muere! —grita Marcos, tras guardarse la pistola táser eléctrica.

—¡Joder con los infartos! Ya van tres hoy —dice el encargado del cine mientras se acerca con los sanitarios.

—Eso es por tanta peli española, chaval.

Ambos sortean el cuerpo de la anciana y se acercan a la taquilla, pues es su turno.

—Hola, bienvenidos a Badacine. ¿Qué desean? —pregunta la taquillera de carrerilla.

—Mmm… ¿cuál vemos, chaval?

—Mira, esa tiene buena pinta.

—Esa es una segunda parte.

—Pero…

—¿Cuál nos recomienda, señorita?

—*Apellidos catalanes.*

—¿Esa es una segunda parte?

—Sí, de los vascos.

—Puf, ¿no hay ninguna que no sea española?

—Sí, *Transformers 34*, *Terminator 8*, *Los juegos del hambre 24* y una película sueca que solo ve gente rara.

—¿Qué hacemos, chaval?

—Lo que quieras, Marcos. No te gusta nada.

—Mmm… señorita. ¿No habría más películas?

—Bueno, el cine de aquí al lado solo tiene una sala, así que…

—Bueno, pues *Los apellidos catalanes*, ¿no, Marcos?

—¡Bah, venga! Esa misma, *Los apellidos catalanes*, señorita.

—Bien, de quince filas, la fila ocho. ¿Correcto?

—Esa misma. ¿Cuánto es?

—Veinte euros.

—¡Joder! ¿Hoy no es el día del espectador?

—Es el día de la pareja, ¿ese chico es su pareja?

—¡Yo no soy gay, señorita!

—Señor, puede ser su amigo. Simplemente, si viene con alguien, tienen 2x1 en entradas.

—¡Ni hablar!

—Marcos, solo es si venimos dos. No tenemos que ser gays.

—¡Que no! Tenga los veinte euros.

La taquillera les da las entradas y ambos se van a la sala. Una vez dentro, Marcos continúa refunfuñando:

—Confundirme con un «mariposa»... Manda huevos.

—Marcos, no puedes ser tan agresivo.

—Calla, que ya empieza la película.

Los tráilers de futuros estrenos se muestran en la pantalla mientras un grupo de catorce señoras ancianas suben las escaleras, y piden paso a Marcos y Beto para sentarse.

—¡Manda narices con las viejas! ¡Señoras, que quiero ver la película!

—¡Pero si están los anuncios, paleto!

—¡«Paleto» me dice la vieja! ¡Señora!

—Marcos, por favor, tranquilízate.

—¡Puf…! ¡Vaya con el cine de los cojones, chaval! ¡A ver la película! Y… ¡a ver si las señoras pueden cerrar esa boca!

Las señoras lo miran mal, pero no continúan la riña.

Tras finalizar la película, se abren las puertas y salen todos los espectadores.

—¿Qué te ha parecido, chaval?

—Está entretenida.

—A mí me ha parecido una mierda. ¡Veinte euros para esto! Ahora seguro que el director está en una mansión y yo, aquí. En fin…

—Es para pasar el rato. No puedes andar siempre tan amargado.

—¡Venga ya! Si yo soy un «risas»… Chaval, son casi las seis de la tarde. Vamos a comprar la cena de esta noche y ya nos vamos.

—¿Y dónde la compramos?

—Ahí —le dice Marcos mientras señala con el dedo una hamburguesería en la acera de enfrente.

—Marcos, no… Otra vez eso, no.

—¡Vamos!

Ambos se dirigen a la hamburguesería y entran. Mientras hacen cola, Beto intenta convencer a Marcos.

—Esto no es sano.

—Ah, ¿no? Pues deja que te diga una cosa, chaval. ¿La lechuga es sana?

—Claro.

—¿Y el tomate?

—También.

—¿Y el pan con sésamo?

—Es dietético.

—¿Y las albóndigas?

—Madre mía... Eso sí que me comía yo: un plato de albóndigas.

—¡Pues si aplastas la albóndiga, la metes en pan, y le pones tomate y lechuga, tienes la hamburguesa!

—Claro, pero yo no le pongo tres kilos de salsa a las albóndigas, ni queso fundido al tomate. Eso es adictivo y da cáncer.

—Tú sí que das cáncer, chaval. No digas tonterías.

—Marcos, no comes otra cosa.

—Mira, cuando eres pobre, no puedes comer otra cosa.

—Yo soy pobre y como de todo.

—Yo tengo cinco euros al día para gastar en comida, chaval. Cinco euros. Y tengo que pagar lo tuyo y lo de Joan. Dime dónde comen tres personas por quince euros hasta saciarse.

—En un bar de menú.

—Claro, y no puedo llevarme la comida a la clínica.

—Pues te llevas una fiambrera.

—Los bares son asquerosos. No tienen control de sanidad.

—Y la hamburguesería, ¿sí?

—Claro, porque tienen controles internacionales, chaval.

—Yo solo digo que no es bueno comer tanto de lo mismo.

En ese momento llega su turno. Marcos pide un menú de hamburguesa para cada uno y salen del local.

—Desde luego, chaval, hay que reconocer que esta comida huele estupenda.

—Ya, pero son las seis y media, y hasta que cenemos se van a enfriar.

—De eso nada. Luego lo calienta Joan en la barbacoa.

—Ah, de puta madre —responde Beto con ironía.

Marcos y Beto llegan a la clínica y entran. Dentro, Joan los espera escuchando un partido de fútbol en una pequeña radio que tienen.

—Joan, traigo tu menú.

—¿Hamburguesa? —pregunta Joan.

—Por desgracia, sí —responde Beto.

—A este, ¿qué le pasa? —interroga Joan.

—El chaval, que está nervioso por el cobro.

—Yo también estuve nervioso en mi primer cobro —dice Joan.

—¡Vaya! Creía que nunca habíais hecho esto… —comenta Beto.

—Vamos a ver, chaval. Te dije que yo no lo había hecho antes. No afirmé nada de Joan.

—Joan, eres un tipo extraño.

—Lo sé —responden Joan y Marcos al mismo tiempo.

—Bueno, Joan, prepara esto para que le enseñe al chaval.

Joan retira algunos muebles desordenados y coloca el sofá frente a la pared. En la pared coloca un mueble con ruedas que tiene una pequeña televisión.

—Listo —dice Joan.

—¿Y el disquete? —pregunta Marcos.

—Es verdad, aquí.

Joan saca un DVD de un cajón y se lo da a Joan.

—Eso es un DVD, no un disquete, Marcos.

—Vaya, ahora el chaval es técnico.

—Solo te aclaro que…

—Vamos a ver, chaval. Siéntate en el sofá. ¿Nos acompañas, Joan?

—Si no hay otra…

Marcos mete el DVD en el reproductor del televisor.

—Bien. Vamos a ver, chaval. Vamos a ponernos serios.

Joan apaga la luz, estirándose desde el sofá.

—Vamos a ver, chaval. Mira, esto es un plano que he hecho yo de la casa en el ordenador.

—Marcos. Tú no tienes ordenador.

—Chaval, ¿podemos continuar o vas a seguir haciéndote el gracioso? Porque te recuerdo que lo que vamos a hacer es serio. Y, si vas a continuar con tus bromas de mierda, te vas a tomar por el culo.

—Lo siento, Marcos.

—Bien, la casa tiene una planta. Este es el plano que he dibujado más o menos sobre lo que vi desde fuera. Tiene una verja que cerca toda la vivienda y su jardín. Ni hay perro ni hay alarma ni hay nada. Solo hay que abrir la puerta y entrar.

—Una pregunta.

—Dime, chaval.

—¿Solo has visto la casa desde fuera?

—Sí.

—¿Y cómo sabes que no hay alarma ni perro?

—Tengo mis fuentes, chaval.

—Vale.

—Bien, veamos. Mañana nos vamos a levantar a las siete de la mañana. Luego, cogeremos el coche e iremos a la casa, que está a una media hora de aquí. Llegaremos sobre las ocho menos cuarto u ocho. ¿Bien?

—Correcto.

—Vale. Cuando lleguemos será temprano, y primero de agosto. No habrá un alma por la calle. La verja no es demasiado alta. Simplemente la saltamos. Si te cuesta, llevamos dos cuerdas, pero es nada y menos.

—Bueno, ¿pero no será de estas verjas que tienen punta? ¿No?

—No, chaval. Tiene almohadas para que tú las saltes cómodamente, ¡no te jode!

—Lo pillo.

—Entonces, solo tenemos que llegar a la puerta, abrirla con la ganzúa y entrar.

—¿Sabes abrir puertas con ganzúas?

—Claro, chaval. Mi abuelo era cerrajero.

—Buen detalle.

—Cuando entremos, cogemos el dinero. Entonces...

—Pero, ¿en qué parte de la casa está el dinero?

—Claro. Te lo digo para que vayas y te lo lleves todo. ¡Claro que sí, chaval!

—No sé dónde está la casa.

—Mejor. Así me aseguro, chaval.

—Y, si es tan fácil, ¿por qué no lo haces solo? ¿Por qué perder la mitad del dinero conmigo?

—Porque estoy más viejo que tú. Necesito alguien que vigile y que me ayude por lo que pueda pasar.

—¿Y tanto confías en mí que no me dices ningún detalle?

—Chaval, te lo voy a decir por última vez: si no quieres hacer esto, corre y vete por la puerta.

—Marcos, solo pretendo que entiendas...

—¡Yo no tengo que entender nada! ¡Si te quedas, me escuchas y si no, te vas!

—Relájate, Marcos, que el chaval solo está confuso —dice Joan.

—Lo siento —responde Beto.

—Bien... Sigamos entonces. Cuando cojamos el dinero, lo guardamos en las bolsas de deporte que tiene Joan aquí guardadas. Son dos bolsas en las que cabrán holgadamente. El dinero estará en billetes de quinientos euros. Cuando lo guardemos, salimos de la casa, cerramos la puerta, saltamos la verja hacia afuera, nos montamos en el coche y de vuelta. ¿Alguna duda?

—Sí, ¿qué ocurre si nos paran en un control policial?

—¿Por qué cojones va a haber un control?

—Porque es primero de agosto, la gente se va de vacaciones y está la operación salida de tráfico...

—Ahí tienes razón —dice Joan.

—Vamos a ver, chaval... Si nos paran en un control, no iremos ni borrachos ni sin cinturón. Yo hablaré y tú estarás en silencio.

—De acuerdo.

—Cuando lleguemos aquí con las bolsas, te dejo bajar del coche y te vas donde te dé la gana. Y yo ni te conozco ni he hablado contigo ni sé quién eres. Y viceversa.

—Tranquilo, no hay problema.

—Eso espero, porque no quiero que luego venga un policía a mi casa con tonterías porque un niñato se ha ido de la lengua, porque lo han pillado con una bolsa de dinero haciendo el inútil de fiesta, o en el autobús, o donde sea.

—¿Y cómo me vuelvo? ¿Qué hago con el dinero?

—Tú eres tonto, chaval. Vamos a ver. Yo te dejo aquí y vuelves en taxi. Con 100.000 euros,

¿me estás preguntando cómo te vuelves sin llamar la atención, en serio? El puto dinero lo guardas en tu casa, en el patio, bajo tierra, lo quemas o haces lo que quieras. Cómprate una casa, o un coche, o lo que quieras.

—Es verdad. Solo estoy un poco nervioso.

—Pues deja de estarlo, chaval, porque tampoco quiero que venga un policía porque un chaval nervioso tuvo la idea de meter 100.000 euros en el banco. Porque, si metes eso en el banco, van a mirar de dónde viene y dirán: «¡Oh! Esto es de un dinero que falta en esta casa de ricachones. Vamos a preguntar al chaval». Y, si te pones nervioso con Joan en un sofá, en un interrogatorio, cantas. Y cantas sí o sí, chaval. Así que mantente lejos de problemas.

—Nunca causo problemas, seguro.

—Bien. Entonces, todo claro, ¿no?

—Sí.

—Te he contado todo lo que necesitas saber. A las siete de la mañana te pongo en planta. Ahora, que son todavía las ocho de la tarde, vamos a ver un rato la tele.

—¿Tú viendo la tele? —se interesa Joan, sorprendido.

—No. Yo voy a dormir ya. No os acostéis tarde. Me voy a poner en la oficina. Hoy dormís aquí los dos —contesta Marcos.

—Buenas noches, Marcos —dice Beto.

—Buenas noches —repite Joan.

—Hasta mañana, princesitas —se despide Marcos.

Marcos se mete en el despacho y cierra la puerta.

—Bueno, Beto, ¿qué quieres ver?

—Ahora en verano no hay nada en la tele. Pon lo que quieras.

—Estás nervioso, ¿verdad?

—Un poco. Además, me dijo que él no quería que participases en esto.

—A ver, no es muy difícil, pero no quiere que, si pasa algo, me pillen. ¿Tú querrías que detuviesen a tu novia?

—No, pero tú no eres su novia.

—Bueno…

Beto se queda enmudecido al comprender la relación que une a Marcos con Joan.

—Sí. Somos gays, chaval. Como él te dice.

—Bueno… yo… no tengo problema con eso. No me molesta nada.

—¡Estaría bueno!

Ambos se echan a reír.

—Eso sí, Beto. Ten cuidado, que de noche me arrimo a ti.

Beto se queda sorprendido, con cara de miedo.

—Es broma, chavalín. Ambos ríen de nuevo.

—Bueno, Beto, ¿te gusta el programa este de los famosos en una isla?

—Mi madre está todo el día viendo eso.

—¡Hostias! ¡Tu madre! ¿Quieres llamarla?

—Vale, pero no tengo…

—No, no. Toma, coge el teléfono de aquí.

Joan le deja a Beto el teléfono de la clínica. Beto marca y su madre contesta.

—Mamá, soy yo. Sí. Estoy bien, mañana por la noche o pasado, vuelvo. Cobro mañana, sí. Bueno, hasta mañana. Sí, he cenado…

—¡Hostia, la cena! —grita Joan.

—No es nada, mamá. Es la tele, que han gritado. Venga, sí, hasta mañana.

Marcos cuelga el teléfono.

—Joan, no pasa nada. Yo no tengo hambre, y menos de hamburguesa.

—Bueno, entonces no cenamos nada, ¿no?

—Mejor dormir ya, creo yo.

—Yo no tengo ganas de dormir aún. Acuéstate tú si quieres, Beto.

—Bueno, pues me echo ahí en el suelo.

—Buenas noches.

Beto se echa en el colchón a dormir.

—¡Beto, la policía, despierta!

Beto se levanta sobresaltado.

—¿Qué? ¡Yo no he hecho nada!

Marcos está de pie frente a Beto.

—Hoy sí que vamos a hacer algo. Levántate, mariquita.

La palabra «mariquita» retumba en la cabeza de Beto, recordando que Joan y Marcos son gays. Beto solo atina a decir una palabra:

—Hola.

—¿Hola? ¡Qué dices, chaval! Venga, arriba, que son las siete.

Beto se levanta.

—Buenos días, Marcos.

—Venga, que vamos tarde. Ya estás vestido, yo también. Vamos al coche.

—Déjame que vaya al baño y me lave la cara.

—Corriendo, que es gerundio.

—Voy.

Beto se marcha al baño y vuelve en unos diez minutos. Marcos lo espera fumando tabaco.

—Ya estoy aquí.

—¡Por fin, princesita! Venga, vámonos.

Ambos salen por la puerta. En la misma puerta, el Audi de Marcos espera aparcado.

—Aquí está, chaval. Limpio y lleno de gasolina. Hoy se acabó el autobús.

—¿Vamos?

—¡Vámonos!

Ambos se montan en el coche y salen a la carretera.

—Bueno, chaval. El pueblo al que vamos está a media horita de aquí. A mi padre le gustaba llevarme a los pueblos cuando era niño. ¿Tú tienes padre?

—Todos tenemos padre, Marcos.

—Por tu tono deduzco que tus padres están divorciados.

—Mi padre falleció, Marcos.

—¡Qué jodido! ¿Qué le pasó?

—No me gusta hablar de eso.

—Venga ya, no me seas mariquita. ¿Qué le pasó?

—Era el enterrador del pueblo. Un día tuvo un accidente y se destrozó la garganta. Se quedó mudo. Un día, la herida se le infectó y se murió.

—¡Hostia! ¡Puf, menuda mierda, muchacho!

—Y el puto pueblo es una mierda y la gente se reía de él. Le decían «loro» porque hacía ese ruido al intentar hablar y...

Beto no puede continuar hablando de la emoción.

—Anda, anda, ya será menos. Toma un cigarro y relájate.

—No fumo. Gracias, Marcos. Estate atento a la carretera, por favor.

—A la orden, esposa.

—Tu esposa es Joan.

—¿Y?

—Pues que no me digas «señorita» ni «maricón», porque la señorita eres tú.

—Si no querías contar lo de tu padre, estupendo, pero que sea maricón o no a ti te da igual. No es de tu incumbencia.

—En fin, ¿a qué pueblo vamos?

—Lo verás al llegar. ¿Te acuerdas del ricachón que te hablé?

—¿El que tiene los 200.000?

—Ese. Pues ese es el patrón del pueblo, un antiguo terrateniente antes de las expropiaciones públicas. Y tiene una casa que flipas, y dinero que le sale por las orejas.

—Yo creo que hay uno de esos en cada pueblo.

—Seguramente. Yo tendría que haber sido un patrón de esos.

—¿Para tener esclavos o qué? —le pregunta Beto bromeando.

—Bueno, te tengo a ti.

Ambos ríen.

—Me voy a echar el último cigarro, pues ya mismo llegamos al desvío.

—¿Lo llevamos todo?

—Sí, las dos bolsas de deporte. En una de las bolsas están las cuerdas, el tubo de goma, la ganzúa, las máscaras… Todo.

—Perfecto, entonces.

—Chaval, mira por el retrovisor. ¿Ves esa antena que sale del maletero? ¿Una antena pequeña?

—Sí.

—Este coche tiene teléfono, chaval. El mismo que usan los empresarios importantes. Ya que vamos a cobrar, tiremos la casa por la ventana y llama a tu madre. Dile que vas a trabajar y que esta noche regresas a casa.

—Pero pensé que iba a dormir en la clínica...

—Ni de coña, chaval. Después del robo te dejo en tu casa, y mucho es.

—Pero tú dijiste...

—Cállate, chaval. ¿Quieres llamarla o no?

—Sí, trae.

Beto llama a su madre por teléfono.

—Mamá, soy yo. ¿Qué te pasa? Estás rara. Ah, una noticia. A ver, ¿qué pasa? ¿El cura se ha follado a otra? ¿Cómo? ¿En serio, trabajo? ¿Trabajo de qué? Bueno, pues no te entretengo entonces. Sí, esta noche vuelvo. Adiós.

—¿Qué dice tu madre, chaval?

—Que ha encontrado trabajo, pero no me dice de qué. Yo no le digo de qué es el mío. Que tenía prisa porque llegaba tarde.

—Peor que el tuyo no puede ser.

Ambos se echan a reír.

—¡Hostias, el desvío! Ahí está, chaval.

Beto no sale de su asombro al ver que el pueblo al que se dirigen es, en efecto, Villapájaro de los Carbones.

—Marcos... ese pueblo...

—Calla, chaval, ¿has visto el nombre del pueblo? Villapájaro de los Carbones. ¿Sabes por qué se llama así?

—¡Joder, Marcos, joder! Ese pueblo...

—¡Calla, calla! No es porque tenga minas de carbón. Se llama así porque el noble terrateniente del pueblo, el de las expropiaciones, al que le quitaron los títulos, es... ¿Cómo decirlo? El dueño del pueblo, el más rico. ¿A que no sabes dónde es el cobro?

—Marcos, escucha. Yo...

—¡En su puta casa! ¡Je, je, je! Toma esa, chaval. Vamos a llevarnos la pasta del tío más rico del pueblo. De su puto chalé. ¡Ya huelo a dinero! ¡Vamos allá!

Marcos da botes en el asiento como loco, emocionado, mientras Beto lo mira y se tapa la cara con la mano.

—Marcos, yo vivo en ese pueblo…

—¡No me jodas! ¡Y yo pagándote la comida de tres días viviendo tú ahí! ¡Es una señal, chaval!

—Me conoce todo el pueblo, Marcos.

—¿Y qué? Llevamos máscara de ladrón. Así seguro que sabes por dónde escaparnos que no sea esta carretera. Que nadie nos vea, bueno, me vea huir. Porque tú… ¡vas andando a casa! ¡Con la bolsa! ¡Je, je, je!

—Para el coche, Marcos. Quiero bajarme.

—¡Una polla, chaval! ¡De aquí no se baja ni Dios!

—Para el coche, que quiero bajarme, Marcos.

—¡Corre, tírate por la puerta! Espera, que te abro la ventanilla.

Beto hace el amago de abrir la puerta, pero Marcos se pone serio y lo agarra del brazo. Saca su arma y lo apunta.

—Chaval, ni se te ocurra. Vamos a hacer esto: cobrar y, luego, cada uno por su lado. Si quieres, te compras un Ferrari y te tiras en marcha, pero mañana. Hoy no. Hoy cobramos.

—¿Te has traído la puta pistola?

—¡Claro! Imagina que pasa algo, que se nos cuela una vieja, ¡je, je, je!

Beto no responde y se acomoda en su asiento. El coche continúa su camino hasta aparcar en la calle de la casa que van a robar.

—Bien, chaval. En el maletero están las cosas. No podemos bajar sin las máscaras. Pásate al asiento de atrás, tira de los asientos y coge las bolsas del maletero. En la bolsa que pesa está todo. Saca solo las máscaras y dámelas.

Beto cumple la orden y saca las bolsas. De una de ellas extrae las máscaras.

—Toma.

Marcos se coloca uno de los pasamontañas y le da el otro a Beto.

—Póntelo.

Beto se coloca su máscara.

—Bien, chaval, vamos al lío.

Ambos bajan del coche, cada uno con una bolsa alrededor del hombro, y se aproximan a la verja exterior de la casa.

—Chaval, tira las bolsas adentro y salta tú primero.

—Joder, vale.

Beto tira su bolsa y la de Marcos al interior y salta la verja, que acaba en puntas.

—Ahora pasa tú, Marcos.

—Voy, pero no digas más mi nombre. Llámame señor Burger.

—Estás de coña, ¿no?

—No. No podemos dar datos si nos oyen.

—Joder, ¡pues salta de una puta vez, señor Burger!

Marcos se sube a la verja y, al bajar, una de las lanzas de la punta le hace una herida en la pierna, pero cae al interior y ya está junto a Beto.

—¡Hostias, mi pierna!

—¡Burger, no grites, que nos van a oír!

—¡Señor Burger! ¡Ah, mi pierna!

—Joder, Marc… digo, señor Burger, espera.

Beto saca el tubo de goma de una de las bolsas.

—Ponte esto de torniquete. Así deja de sangrar.

—Mierda, mierda. ¡Trae!

Marcos se coloca el torniquete con el tubo de goma y se levanta. Ambos se aproximan a la puerta principal.

—Dame la ganzúa, chaval.

—Toma.

Marcos intenta forzar la puerta, pero es imposible.

—Joder, Burger, ¿sabes usarla?

—Sí, soy de familia de cerrajeros. Y soy el señor Burger.

—Pues no se abre la puerta, señor Burger.

—Ya lo veo, chaval. Ya veo que no se abre. ¿Tú sabes abrirla?

—Yo no soy cerrajero.

—¡Mierda! Esto no se abre, chaval. Será una puerta nueva de estas de antiganzúa.

—¿Qué puertas son esas?

—Las que no se abren, ¡que pareces tonto!

—A ver, trae.

Beto intenta sin éxito abrir la puerta.

—Joder, nada. ¿No habías visto cómo era la casa, señor Burger?

—Sí, pero no vine a verla.

—Dijiste que la habías visto.

—Pero por el ordenador. En el mapa este de Google que sale la calle, no en persona, chaval.

—Y, ahora, ¿qué hacemos?

—¡Joder! Piensa algo, chaval.

—Espera, voy a dar una vuelta a ver si han dejado algo abierto.

Marcos espera mientras Beto comprueba el exterior. Al poco tiempo, Beto vuelve.

—Está todo cerrado.

—¡Mierda, mierda, chaval!

—Pues a casa, Marcos. Se acabó. No se puede entrar.

—¡Que no digas mi nombre!

—Señor Burger.

—Tengo una idea, chaval. ¿Sabes escalar?

—No.

—Pues da igual. Súbete por la ventana hasta el tejado y, cuando llegues, tírame la cuerda y subo yo.

—¿Qué quieres hacer?

—Tú, sube.

Beto escala la ventana y sube al tejado con las bolsas. Una vez arriba, tira la cuerda a Marcos, que sube como puede con un torniquete en la pierna.

—Ya estoy arriba. Ha costado, chaval. Estoy mayor. Bien, vamos a entrar.

—¿Por dónde?

—¡Por la chimenea, chaval!

—Burger… ¿te crees que somos Papá Noel? Tú no cabes por ahí.

—Claro que quepo, chaval. Mira, tira una cuerda por la chimenea.

Beto tira la cuerda y Marcos, muy decidido, decide bajar por ella. Se introduce en la chimenea y lo consigue. Desde el interior de la casa, grita:

—¡Chaval, ata la cuerda a algo y baja tú ahora!

—¡Voy!

Beto ata la cuerda a la antena del televisor y baja por la chimenea. Ahora ambos están dentro de la casa.

—Vale, tenías razón.

—¿Lo ves, chaval? Vamos por el dinero.

—¿Y la cuerda?

—¿Qué le pasa?

—No vamos a dejar una cuerda desde la chimenea hasta aquí, ¿no? Sabrán que hemos entrado.

—Lo sabrán cuando no vean el dinero.

—Pero la cuerda tiene ADN nuestro de bajar agarrados.

—¿Y qué hacemos, chaval?

—Encender la chimenea. De día no se ve el humo y el calor va quemando la cuerda.

—Buena idea.

Beto coloca unos troncos que, al parecer, sobrarían del invierno y enciende la chimenea.

—Listo, señor Burger. ¿Dónde está el dinero?

—No lo sé.

—¡Que no lo sabes! ¿Cómo no lo vas a saber? ¡Dijiste que había 200.000!

—¡Joder, chaval, es una casa de ricos! Tiene que haber por lo menos eso. Solo hay que encontrarlo.

—Te voy a matar, Marcos, ¡no me jodas! ¿Qué coño te pasa? ¿Crees que hay? ¡Te crees que los ricos tienen billetes por todos los lados? ¡Eso está en el banco!

—¡No me toques los huevos! Los ricos tienen dinero negro, gilipollas. Ese dinero lo esconden en casa y tienen que tenerlo, seguro.

—¿Y si solo hay, por ejemplo, mil euros? ¿Me voy a casa con quinientos? ¿Todo lo que he arriesgado, que casi me han detenido y todo, por quinientos euros de mierda?

—Hay más, lo presiento. Me has tocado mucho los cojones. Busca por las habitaciones y yo busco en la cocina, los baños y el salón.

—Hay que joderse...

Beto se va a las habitaciones a buscar y Marcos hace lo propio. Al cabo de un rato, Beto pregunta a gritos desde un extremo de la casa:

—¿Algo?

—¡Nada, chaval! Sigue mirando.

—¡No hay nada, joder! Nada, Marcos. ¿Dónde estás?

—¡El señor Burger está en el salón! ¡Qué puta tele más vieja y gorda tienen para ser tan ricos!

—¿Qué has dicho?

—¡Que tienen una tele vieja y gorda siendo tan ricos!

—Marcos… enciende la tele.

—¿Por qué?

—¡Porque muchos esconden ahí el dinero! Quitan los cables y todo, y lo meten ahí. Lo vi en un programa. Si la tele no enciende, ¡está ahí!

—¡Joder, sí! ¡Eres un cerebro, chaval! Vamos a ver si se enciende.

—Chaval, sí se enciende.

—Mierda, ¡sigue buscando, Burger!

—Chaval… ¿dónde estás?

—¡En la habitación de matrimonio!

—Deja de mirar debajo de la cama.

—¿Cómo sabes que estoy mirando debajo de la cama?

—¡Porque estás saliendo en la tele! ¿Cómo es posible?

Beto va corriendo al salón mientras grita:

—¡No, Marcos! ¡Joder, vámonos! ¡Hay cámaras! ¡Hay unas jodidas cámaras!

—¿Cómo?

—¡Que hay cámaras, coño!

Beto se planta en la puerta del salón.

—¡Marcos!

—¡Beto, detrás de ti!

Una vigilante de seguridad propina un golpe a Beto en la cabeza con su porra. Este cae al suelo y se arrastra hacia Marcos.

—¿Qué coño ha sido eso? —grita Beto, aturdido.

—¡Manos arriba! —grita otro vigilante armado, que acaba de llegar a la casa.

—¿Mamá? —se asombra Beto.

En efecto, la vigilante es su madre.

—¿Hijo? ¿Qué haces aquí?

—¿Lucas? —pregunta Marcos al vigilante varón.

Los cuatro se miran entre sí y no salen de su asombro. Beto rompe el silencio:

—¿Este es tu trabajo, mamá?

—¡Anda, coño! Hablabas de trabajos raros... De ladrón tenías que acabar, ¿verdad?

—Joder, lo siento, pero nos hace falta dinero.

—Y para eso trabaja tu madre. Lucas, ¿quién es ese otro?

—El que ha hecho ladrón a su hijo, señora. Es el exmarido de mi esposa, un maricón de mierda que se acostaba con los clientes de su clínica.

—¡Te mato, cabrón! —dice Marcos a Lucas.

—Quien tiene el arma soy yo. Ahora poneos contra la pared. Estáis detenidos.

En ese momento, Marcos saca su pistola y apunta a Lucas.

—¡Ya somos dos!

—¡Por favor, quietos! —grita Beto.

—No lo empeores, hijo, que suficiente tortura es tener que ver esto: detener a mi propio hijo.

—¿Por qué has acabado aquí, mamá?

—Los señores necesitaban un auxiliar de seguridad extra para el verano, y me presenté yo. Como no llevo pistola, no hace falta licencia ni nada. Si llego a saber lo que estabas haciendo, te mato a palos, hijo de puta, aunque tu madre sea yo.

—¡Te mato, Lucas! ¡Puto negro cabrón!

Beto vuelve la mirada a Marcos y le indica:

—Marcos, escucha: vamos a solucionar esto.

—¿Solucionar? Estamos jodidos, chaval.

—¡A ver! —dice Beto en un tono audible para todos—. Seamos sinceros, Lucas, ¿cuánto cobras? ¿Y tú, mamá? ¿Novecientos al mes?

La madre y Lucas miran a Beto. Marcos continúa apuntando.

—Con ese salario tardaríais años, décadas, en ganar lo que podemos ganar ahora.

En esta casa hay dinero, mucho dinero. Y, como yo lo veo, tenemos dos opciones...

Todos miran a Beto con expectación mientras Marcos y Lucas se continúan apuntando.

—Opción uno: nos detenéis y llamáis a la policía. Tu exmujer se queda sin pensión, porque en la cárcel no se gana dinero. Y tú, mamá, sin hijo. Sola. ¿Todo para qué? ¿Creéis que los señores os van a premiar por detenernos? ¿Creéis que os van a ascender? ¿A qué, a vigilante del Congreso? Pero tenemos otra opción. La opción dos: borramos las grabaciones de seguridad, buscamos el dinero, lo repartimos y, cuando lleguen los señores, no podrán reclamar nada. Es dinero negro. ¿Van a denunciar que les han robado dinero ilegal? ¡No me jodas! Y vosotros seguís trabajando aquí. ¿Y bien?

Marcos y Lucas bajan sus respectivas pistolas.

—¡Qué triste que solo sirvas para esto, hijo! —dice la madre.

Beto mira a su madre pero no dice nada. Todos van al cuarto de seguridad y modifican las cámaras.

—Ahora está grabándose lo mismo que había antes de que llegaseis. La casa sola sin pasar nada. Basta con cambiar la hora y que, de aquí a noventa minutos, grabe lo mismo. Así que tenemos hora y media para coger el dinero.

—Una pregunta, ¿cómo habéis tardado tanto en llegar si nos estabais viendo? —pregunta Beto.

—Porque no estábamos en el cuarto de seguridad. Nos encontrábamos dando vueltas por la casa y fuimos a desayunar. Al volver, vimos un rastro de sangre desde la verja hasta el tejado y nos fijamos en que había humo saliendo por la chimenea. Creíamos que habían vuelto los señores.

—Entiendo.

—Esto ya está listo.

—Pues vamos.

Los cuatro van al salón y continúan la búsqueda del dinero.

—Chaval, ¿quién iba a imaginarse algo así? —pregunta Marcos mientras registran los muebles.

—Joder, aún no me lo creo.

—¡Joder! ¡Joder! ¡Aún no me lo creo! —repite una extraña y parlanchina voz a lo lejos.

Marcos y Beto enmudecen, y ruegan silencio a su madre y a Lucas, que están en otra habitación.

—¡Joder! ¡Joder! ¡Aún no me lo creo!

Los cuatro se dirigen a la cocina y se encuentran con un loro dentro de una jaula, justo encima de la puerta.

—Hostia… ¡El loro… va a cantar! —dice Marcos.

—Lorito, ¿dónde están los billetitos?

—¡Billetitos! ¡Billetitos! —responde el loro.

—¿No ves que solo repite? Es un puto loro retrasado —le dice Lucas a Marcos.

Ambos se encaran pero la madre de Beto los separa.

—Pero, si alguna vez han hablado aquí de dónde está, el loro puede repetirlo —apunta Beto.

—Dinero, dinero —le dice al loro.

—¡Dinero! ¡Chimenea! ¡Dinero! ¡Chimenea! —contesta el Loro.

—Santo Dios del cielo… —dice Beto.

—¿Qué pasa, chaval?

—¡Que está encendida!

Todos corren al salón y apagan el fuego con cubos de agua que van llevando desde la cocina. Marcos se tira sobre las cenizas humeantes y las aparta. Levanta el suelo de la chimenea y no hay nada. Mira las paredes: nada. Termina lleno de hollín y sin dinero.

—Ahora soy negro como tú, Lucas.

—Chúpamela.

—¿Podemos ser adultos, por favor? —apunta la madre de Beto.

—El loro nos ha estafado —dice Lucas.

—Un loro no piensa, solo repite, como decías tú —responde Beto.

—¡Lucas! ¡Cabrón! ¡Te mato! —grita Marcos.

Cuando se giran todos, Marcos está apuntando a Lucas con la pistola.

—¡No te muevas, hijo de puta! ¡Estoy hasta la polla! Estoy lleno de mierda, sin dinero…, ¡estoy harto de que me quitaras a la mujer de mi vida!

—Joder, Marcos. Si te gustan los hombres… ¿qué dices?

—Marcos, tranquilo, por favor.

—¡Una polla! ¡Jódete, perro!

Marcos dispara a Lucas, pero este se agacha antes y se libra del disparo, que rompe una gran figura de cerámica que hay detrás. Tras romperse, cae un billete de la figura.

—Marcos, baja el arma. Mira la figura —le dice Beto.

Todos se acercan a la figura.

—Hostia, ¡que esta era la chimenea! —dice Lucas ante la figura con forma de chimenea.

Beto coge la figura y la tira contra el suelo. Está llena de billetes de quinientos. Todos se miran enmudecidos y, a la vez, miran el dinero.

—Pues… vamos a contar —dice Marcos.

Al cabo de unos minutos…

—Cuatrocientos mil. ¡Hijos de puta! ¡400.000 euros! ¡Joder, sí! —grita Marcos al terminar de contar.

—Ahora dejarán de olerte los pies a podrido —le dice Beto a Marcos.

—No me huelen los pies, chaval. Estoy lleno de ceniza por tu puta culpa.

—La verdad es que huele a podrido, sin ofender, y sin que me dispares otra vez —le dice Lucas.

—¡Me tenéis hasta los cojones! ¡Hasta los cojones! —grita Marcos.

—¡Tranquilícese, hombre! Que ninguno de nosotros está cómodo aquí —dice la madre de Beto.

—¡Me da igual! ¡Este puto negro me tiene harto! Que si mis pies, que si no sé qué... Y si te mato, ¿qué?

—Inténtalo —responde Lucas—. Ya no me coges por sorpresa. Y si te huelen a podrido los putos pies, te huelen y ya está.

—¡Podrido! ¡Podrido! —grita el loro.

—Anda, chaval, coge las bolsas y guardemos esto.

—¿Dónde están?

—Creo que las llevé al baño cuando fui a buscar.

—Voy.

Beto va al baño por las bolsas. Cuando llega a él, grita desde allí:

—Marcos, cabrón, ¡has cagado!

—No, no he cagado.

—Pues aquí también huele a tus putos pies podridos.

—¡Niño, trae ya las bolsas y acabemos con este lío! —le grita la madre.

—Aquí no están, Marcos.

—En el altillo del baño. Las escondí ahí por si acaso nos pillaban, decir que éramos ocupas y que no encontraran la ganzúa ni nada.

—Joder, voy a subirme al lavabo. Ven a ayudarme.

Marcos va al baño y ayuda a Beto a subirse al lavabo.

—Ahí. Abre esa trampilla y están las bolsas.

—Joder, aquí no hay nada, Marcos. No se ve una mierda.

—Las empujé al fondo por si acaso. Espera. Mira, aquí hay cerillas. Alumbra con esto.

Marcos da a Beto una caja de cerillas. Beto enciende una y mira.

—Aquí no hay nada, Marcos, y huele un montón a tus putos pies.

—Mis pies no han estado ahí. Mira en el otro lado.

—¿Pero guardas los zapatos en las bolsas? ¡Joder!

—No. Las compré nuevas, chaval. Mira en el otro lado, capullo.

Beto se gira y enciende una cerilla.

—¡Joder! ¡Joder! —grita Beto, que, asustado, se agarra a la puerta de la trampilla y queda colgado.

Del peso, la puerta se rompe y cae medio techo junto a él. Con el ruido, acuden Lucas y su madre. Tras irse la nube de escombros, Marcos y Beto están llenos de escayola y hay un olor fétido. Entre los restos del techo, se ven dos cadáveres. Beto y Marcos se arrastran fuera del baño, gritando como posesos:

—¡Qué coño es esto! ¡Mierda! ¡Mierda! ¡Están muertos!

—¡Joder, chaval! ¿Qué mierda es esta?

—Son los Carbones, los dueños —dice Lucas con un tono triste.

La madre de Beto está muy alterada y pregunta:

—¿Qué es esto? ¿Una broma?

—¡Joder, chaval!

—¡Mierda, mierda, mierda! Estamos jodidos —dice Beto.

—Creía que estaban de vacaciones. Se fueron hace tres días y solo me dijeron que vendría una señora nueva.

—Chaval, ¿qué hacemos?

—Marcos... Ve al salón y trae unos billetes.

—¿Para qué?

—Tú, tráelos.

—¡Tráelos! ¡Tráelos! —grita el loro.

Marcos va a por unos cuantos billetes y los se los entrega a Beto. Este los mira y se los da a Lucas.

—Mira, Lucas, míralos bien.

—¡Joder, son falsos!

—¿Qué está pasando? —pregunta la madre de Beto.

—Que alguien se nos ha adelantado —responde él.

—Vamos a mirar las cámaras.

Los cuatro van al cuarto de vigilancia.

—Lucas, ¿no miras las grabaciones?

—La verdad es que no. Miro cuando tengo tiempo, pero lo grabado, si no pasa nada, no lo miro nunca.

—¿Tienes guardado lo de la última semana?

—Por supuesto.

—Pues vamos a verlo.

Todos se ponen a ver los vídeos de seguridad de la última semana, que pasan a cámara rápida. En uno de los vídeos, de hace dos días, se ve cómo dos encapuchados entran a la casa, acompañados de los dueños amordazados. Estos les indican dónde está el dinero, que extraen cuidadosamente, y lo sustituyen por billetes falsos en la misma cantidad. En un descuido, los rehenes intentan escapar y uno de los encapuchados los acribilla a disparos. Se observa cómo limpian todo y cómo meten los cadáveres en el altillo del baño. Acto seguido, se marchan.

Los cuatro terminan de ver la grabación y no creen que sea real.

—¿Ahora qué? —pregunta Beto.

—Estamos bien, pero bien, bien, muy bien jodidos. Todos —responde Lucas.

—¡Me va a dar algo! Yo solo quería trabajar. ¡Esto es tu culpa, puto niño de mierda! —dice la madre de Beto a su hijo.

—Podemos limpiarlo todo. Quemar los cuerpos en la chimenea y largarnos por donde hemos venido.

—No, Marcos. Lo mejor será llamar a la policía y enseñarles las grabaciones de seguridad —responde Lucas.

Marcos le quita a Lucas su arma y lo apunta.

—¡No pienso ir a la cárcel porque a ti te dé la gana!

—Baja eso, o en vez de allanamiento, robo, posesión ilegal de armas, organización criminal y estafa, te vas a comer un asesinato.

—¡Me da igual! ¡No pienso ir a la puta cárcel!

—¡Marcos, no dispares! —suplica Beto.

—¡Por favor, no hagáis nada! —grita la madre de Beto.

¡Ding, dong!

Suena el timbre de la puerta. Los cuatro se miran.

—Yo abriré —dice Beto.

Este abre la puerta. Ante ella, un grupo de unos cinco obreros.

—Buenas, venimos para arreglar el techo del baño. Nos llamó el dueño diciendo que el techo estaba flojo.

—El techo se ha caído. Esperen un momento y, después, pasan. Denme unos minutos.

Beto corre a la sala de seguridad y les explica a todos que tienen que retirar los cadáveres y ordenar todo para que los obreros arreglen el techo.

—Solo nos faltaría deshacernos de los cadáveres y modificar la grabación y aquí no ha pasado nada. Luego, os escondéis mientras lo arreglan —dice Beto.

Todos se convencen, y deciden ordenar rápidamente todo y llevar los cadáveres al otro baño. Beto sale fuera e indica a los obreros que pasen.

—El techo se ha caído esta mañana pero, como iban a venir ustedes, no quería llamarles otra vez —dice Beto.

Los obreros pasan y observan un rastro de ceniza por toda la casa.

—¿Ha arrastrado escombros por el domicilio, señor? —pregunta el capataz.

—No. Se me ha roto el cubo al quitar la ceniza de la chimenea.

—¿Una chimenea en agosto, señor?

Beto se queda callado y ordena que arreglen el baño lo antes posible.

En cuatro horas, han retirado todos los escombros y tirado la parte del techo que no había caído.

—Ahora, ¿qué? ¿Tardan mucho en poner de nuevo el techo? —pregunta Beto.

Los obreros empiezan a reír a carcajadas.

—Señor, el techo se tarda cuatro semanas en montar. Ya hemos cumplido el horario. Nos vemos mañana. Vamos, chicos.

Beto se queda estupefacto por perder cuatro horas para nada. Al ir a salir por la puerta los obreros, aparecen Lucas y Marcos y los acribillan a tiros a todos. La pared está llena de sangre y los cuerpos yacen en el suelo.

Beto no sabe cómo reaccionar:

—¿Qué coño habéis hecho? ¿Qué hacéis?

—Nos convencimos de que no podían salir. Te han visto la cara y el techo no se va a arreglar.

—¡No se va a arreglar! ¡No se va a arreglar! —grita el loro.

—Estamos jodidos, chaval. Pero, si se hubieran ido, estaríamos más jodidos.

—Tienen razón, hijo.

—¡Pero ahora tenemos siete muertos en vez de dos!

—No había otra… —responde Lucas.

—Vale, lo entiendo. Tengo una idea, ¡ya sé cómo vamos a solucionar esto!

—Lucas, ve al cuarto de seguridad y borra todas las grabaciones. No las modifiques, borra todo y apágalas.

Lucas se marcha. Marcos, Beto y su madre se quedan esperando.

—¿Qué se te ha ocurrido, chaval?

—Nos vamos a librar de esto. He tenido una idea.

—¡Burradas! —grita Lucas desde lo lejos.

—¡Vale, ven! —le indica Beto.

—Marcos, no quiero que lo estropees más. Dame tu pistola. Yo la guardaré para que no jodas más el plan.

—No voy a joder nada. Solo tenía que impedir que se fuesen.

—Yo voy a librarnos de esto, pero dame tu pistola.

Marcos cede y le deja su arma. Acto seguido, Beto dispara a Marcos en la cabeza y lo mata. En ese momento llega Lucas, que ve a Marcos en el suelo.

—¿Qué demonios ha pasado? ¡Asesino! — le incrimina estupefacto.

Beto dispara a Lucas también en la cabeza y lo mata. La madre de Beto está muy asustada:

—¡Hijo mío! ¿Qué estás haciendo?

—Ve por el dinero falso, mamá. Métand... Mételo en la bolsa y coge todo lo que yo he traído. Y, por supuesto, lo que tú hayas traído.

La madre, asustada, hace todo lo que le ordena el hijo y regresa con todas las cosas.

—Voy a preguntarte algo, mamá. ¿Te hicieron algún contrato para trabajar aquí?

—No, hijo, nada. Todo en negro.

—Aparte de los dueños, que están muertos, y de Lucas, que está muerto, ¿alguien más sabe que ibas a trabajar aquí?

—No, hijo. Pero, por Dios, ¿qué quieres hacer?

—Espera.

Beto va a la cocina, limpia la pistola de Marcos y se la coloca en la mano. Hace lo mismo con la pistola de Lucas. Junto a Marcos, deja la ganzúa, limpiada y solo con las huellas de Marcos al pasarla por su mano y una bolsa de deporte vacía. En la otra bolsa mete los billetes falsos y todos los demás objetos. Coge las llaves del coche de Marcos y lo abre desde la casa.

—Quédate aquí. Ahora vuelvo, mamá.

Beto sale y entra en el coche de Marcos. Limpia su interior de las zonas que él había tocado. Regresa a la casa.

—Mamá, coge la bolsa, ve a casa y quémalo todo. No salgas ni hables con nadie más.

—Pero hijo…

—Te aseguro que no pasará nada. Hazlo.

—Vale.

La madre de Beto se marcha de la casa. Beto usa el teléfono de la casa y llama a Joan.

—Joan, soy Beto. Ha habido un problema: el coche se nos ha quedado sin gasolina y no podemos volver. Ven a recogernos. Todo ha salido bien. Calle Nido del Águila, 1, Villapájaro de los Carbones. Adiós.

En una hora, llega Joan y llama al timbre. Beto lo hace pasar.

—¿Dónde está Marcos? —pregunta Joan.

—Pasa. Está en el salón esperándote, que se hizo una herida al saltar la verja.

Joan entra apresurado y se topa con los cadáveres muertos y ensangrentados, incluido Marcos. Antes de poder girarse, Beto le dispara por la espalda con el arma de Lucas. Acto seguido, la limpia de nuevo y la coloca en la mano del dueño de la casa. Por último, limpia sus huellas de toda la casa y se marcha a casa.

—¡Mamá! Ya estoy aquí. Llama a la policía.

—¿Vas a entregarte? ¡Por Dios, hijo mío!

—Llama y di que has oído ruidos en la casa de los Carbones al ir a la plaza.

La madre descuelga el teléfono y llama.

Al día siguiente, en las noticias, un suceso local abre el telediario. El presentador habla:

—La policía investiga una masacre en el domicilio de unos terratenientes de un pueblo extremeño. Al parecer, y según indica la investigación, dos asaltantes, Joan Nicolás Gálvez y Marcos Mikel Fernández, amantes, han asesinado al vigilante de seguridad y actual pareja de la exmujer del segundo. Al ser sorprendidos por los dueños, que estaban arreglando el baño con unos obreros, intentaron defenderse con el arma del vigilante del domicilio. En el tiroteo han fallecido todos, desgraciadamente. La policía no ha encontrado grabaciones de seguridad y, según nos indican, es probable que fuesen desactivadas y borradas por los asaltantes.

La madre no sale de su asombro.

—¿Has visto, mamá? ¡Como si nada hubiese pasado!

—Me sorprendes y asustas, hijo. Solo te pido que nunca, jamás, vuelvas a intentar algo así.

—Te lo juro, mamá. Buscaré trabajo de otra cosa. Desde luego, no de esto. No tendré tanta suerte otra vez.

Fuera del domicilio se oye un gran jaleo. Miran por la ventana y ven que están retirando los cadáveres y las pruebas.

—¿Salimos a mirar?

—Tú estás loco, hijo.

—Yo voy a salir.

—No salgas. Olvídate de eso.

—Todos los que sabían algo están ya envueltos en bolsas negras. No pueden hablar, no hay pruebas. Voy a salir a mirar.

Beto sale de casa y se acerca al cordón policial. Todos los vecinos miran, cotilleando, y algunos llorando. Tras sacar los cuerpos, empiezan a extraer las bolsas de las pruebas. Beto decide que es hora de marcharse. En ese momento, los agentes sacan la jaula con el loro. Beto siente un intenso sudor frío por su frente.

«El loro. El puto loro. ¡Joder, joder!», piensa en su interior.

Beto reza durante los pocos segundos que tardan en mover al loro de la casa al furgón, aunque a él le parecen horas. No es capaz de reaccionar.

—¡Beto, asesino! ¡Beto, asesino! —grita el loro.

La gente se separa de Beto y lo mira. Todo transcurre a cámara lenta en la mente de Beto, que observa cómo los agentes lo observan y se dirigen hacia él.

En definitiva, Beto está jodido.

FIN.

AUTOBIOGRAFÍA

Fernando Pérez Rodríguez nació en la ciudad de Plasencia (España), en cuyo escudo municipal reza el lema: *UT PLACEAT DEO ET HOMINIBUS* (Para complacer a Dios y los hombres). En la actualidad, estoy casado y vivo en España.

Nací en el seno de una familia humilde, siendo el mayor de varios hermanos, todos varones. Desde muy pequeño me gustó escribir, cosa que no entendieron muy bien mis padres, que me decían que escribía mucho. Escribir, para mí, es un modo de escapar de la sociedad que me rodea y, a la vez, de plasmar mis sueños e inquietudes.

Puedes hacerte con mis libros a través de Amazon en internet o, si lo deseas, a través de mi página web:

http://poemaspequenovagab.wixsite.com/misitio
https://www.facebook.com/NandoPerezescritor/
https://www.amazon.com/Fernando-Pérez-Rodríguez/e/B01N6U843H